歌集

陽だまりの椅子

中霜宮子

砂子屋書房

序

伊勢方信

中霜宮子さんは、大分市の大分駅と福岡県久留米市の久留米駅を結ぶ、ＪＲ久大本線の沿線上にある玖珠郡九重《ここのえ》町にて出生。故郷を離れることなく二十代で作歌を始め、やむを得ず中断した歳月を差し引いても、現在に至るまで半世紀に近い歌歴を有している。

歌を始めた当初から、四囲の自然には恵まれているものの、交通の利便性には恵まれていると断言できない山間部の町にあって、地方公務員としての職務を怠ることなく、学びの機会や場を得て資質を磨いてきた努力の人でもあり、「朱竹」には純一で透明性のある歌を発表。作品評などの担当者でもあるが、最も長い歳月を師事し、その薫陶を受けたのは、著者略歴に記している「原型」の齋藤 史であり、その歌集『ひたくれなゐ』に収められた「死の側《がは》より照明《てら》せばことにかがやきてひたくれなゐの生ならずやも」などの歌から、樋口 覚をして、「〈死の側より〉生を見る独特の光学を編み出した」と言わしめた齋藤 史である。

感受性豊かな世代にして歌を始めた中霜宮子さんが「あとがき」の中で触れている、「眼に見えぬものも歌ひたまへな」との師の教えが、心の底にまで染み込んで色褪せることなく、その翳《かげ》や香りが、今でも作品の底流として漂っていることが、この一集の特質を露《あらわ》にしているとも言える。

南へとわたりてゆきし鳥のあと追ひつつ冬の橋を越えゆく
かろやかに舞ひゆく紙ありいづこへか人の急げる風の路上を
朝露をいだきし草のやさしさを見つつ冬至の風に吹かるる
ドアかたく閉ざせる部屋の外を行く人ありちさく闇に咳をす

日米の軍事演習なす原野すすき穂がいま風にひかれり

写生詠としての印象よりも、心象風景として受け容れる方が作者の意に添うのではないかと思われるものからの抄出。

一首目は、雁のように毎年春から晩秋までこの地にあり、隣人のような親しみを覚えていた候鳥が、越冬のため渡り鳥として南へ去ってゆくことへの寂しさを、冬の橋を越える自分の思いに重ねている。二首目は無機質な非生命体に意思を与えることで、時代に追われて急ぎ足で生きねばならない、人間世界の一端を見せている。三首目は、誰に誇ることもなく、美しいものを見せてくれる野草の優しさを、四首目は一切の主情を排して、対象の境遇までも連想させる典型的な写生歌。事情を知る人にとっては、時局詠と受け止めても不自然ではないのが五首目。玖珠郡玖珠町・九重町・由布市・宇佐市を含む西日本最大規模の陸上自衛隊日出台《ひじゅうだい》演習場では、二〇二四年七月二十八日から八月七日までの十一日間、オスプレイも参加して何回目かの日米共同演習が実施され、実弾射撃訓練も行われた。風に光るすすきの穂に、作者の怒りが凝縮されているとも思われる。

春立つと友の葉書の舞ひて来ぬ聖母マリアのみ歌をのせて
うつくしき言葉を重ね手紙書くいつはりの心ときに持ちゐて
あがなひのおほくは今もはたしえず春の街ゆくわが四旬節
さみどりの葉桜の下ゆく時に会話いつしか浄くなりゆく

中霜さんは敬虔なキリスト教徒。ここに挙げたのは、心の鏡に映る翳と光を見ることのできる歌。見えないものを見ることができるのも、齋藤史師の薫染によるもの。三首目、アダムとイブの罪の伝えをひくまでもなく、人間が生まれながらに背負っている罪、原罪に触れた歌だが、それを贖《あがな》う方法は、真っ直ぐに生きて行くことだけしかないような気がしてくる。

遠景に野を映しゐる鏡ありたれもゐぬ間をわれはよそほふ
とほく山に点る家の灯わが泣けば星のやうなるまたたきをもつ
かなしみのうすらぎてゆく身の回り裸木にあをき冬の雨降る
雑踏にまぎれしわれが身も知らぬひとりとなりて街歩きゐつ
疲れたる者ここに来てしばらくを憩へとまねく陽だまりの椅子
ふところに児は眠りをり菜の花の咲きゐる原の夢に包まれ
幼児期の絵本を脱けてゆく列車たちまち春の街にまぎれぬ
われを呼ぶ母のこゑせりひそやかに樹液したたるゆふぐれどきを
「春になれば」母の言葉のひびきくる先ゆきはたれの視野にもなきを

この一連をはじめ、歌集『陽だまりの椅子』を通して聞こえてくる声は、誰もが必ず体験するであろう、あるときふっと湧く根拠のない寂しさ・悲しさ・孤独感、あるいは喜びなど、生きてあることの心の軋みや弾みとも言えるものだが、多くがイメージや心に思い描くこと、すなわち想像力によって、やわらかな余韻を残す包容力のある歌としてまとめられており、歌人中霜宮子さんの歌の進むべき道が透けて見えるとも言える、心を映す歌集でもある。

＊目次

装本・倉本　修

歌集　陽だまりの椅子

桜ひとひら

庭草はいま萌えゐむと思ふまでうす月に耳そばだててゐつ

枯原にわづかに芽吹く草のありあまたの言葉いまあふれ来よ

未知数の夢をはらみて今日が明く泰山木の花の白より

花びらの白きいくひら地に敷きて秋明菊のきよき夕暮れ

うすべにの桜ひとひら風に飛ぶ小さき夢のひとつを秘めて

ひそやかに樹々はさやげりいづ方へいざなひゆかむ風をひとをも

ゆたかなる言葉のやうに葉はそよぐ美しくいのち育む朝《あした》

いち人のかなしみ推るすべなきに杉の樹林は雨に濡れゆく

羊歯の葉のあはきみどりの透く夕は森に帰らむ風のごとくに

いつよりの命とは知らずみづみづと樹幹に躍るかげろふのあり

生きゐるとつぶやくことば持たざりし栗の葉群のかすかさやげる

あやふげに草合歓の黄の咲きてあり少女のころの心そのまま

ひそかなる葉群のそよぎ伝説の少女が育つ竹林のあり

よみがへる記憶におほき曼珠沙華たそがれ色の街にもありぬ

樹のさやぎ空のさやぎは昏れ方のいかなるものにか急かされてをり

ゆけどなほ芒の穂並ひかる野の会話は高く風にさらはる

めぐりゆく季《とき》は早しと草紅葉わづかの風にそよぎてゐたり

たれかゆくころ流れこし木の間《あひ》にみじかき秋のひかりさす道

舞へば空とまぎるるならむ花絮のいまひとときを秘密めきゐて

いつせいに陽と煌めきて舞ひあがる花絮のながき旅のはじまり

石の影

何をせむ思ひもなくて一枚の紙の舞ひたつ春の街ゆく

視界よりさらにのびゆく鉄路あり貫けるものわれは持てるや

百万の桜花の下に人らゐてさきはひといふ言葉ゆきかふ

憩はせる何も持ちえぬわれなれどある日は肩に蝶をとまらす

したたかに草木は芽吹くみごもりし鎮けさにゐて羨望はなく

菜の花のさかりの径をとほりつつ舞ふ羽などは持ちてはをらず

われのゆく先は思はずひとつ石のあはき影おく春のゆふぐれ

われと同じ翳もつ石を怖れゐるこころひもじき夕べの苑に

うすべにの合歓の花咲く下をゆくやさしさといふ言葉さがして

遠景に野を映しゐる鏡ありたれもゐぬ間をわれはよそほふ

「また、あした」確信のなき言の葉を夕べはつかふ人にやさしく

竹林のそよぎ止みたる日の暮れは瞼をとづる鳥のごとくに

透くやうに葉群そよげる竹林の一本となりえぬままに帰り来《く》

脱出を図らむとすれど冬のをはりの雨は滲みくる樹肌に人に

幸せひとつ

わが心の何を点さむほのしろく玻璃にあかりて春の雪降る

南天の赤き実もとめ来し鳥よ今日は節分「おほいにおたべ」

青空に泳ぐ鯉のぼりらは自在なる風のありかを見とどけてをり

ほのかなる風にふかれてたどきなきわが行く方に草紅葉もゆ

ささやかなしあはせを知る大地より一個の南瓜けふいただきぬ

空を向きほそく鳴きゐる鳥の眼に映りてゐむか郷里の山の

金網を透してのぞき観らるるは獣か人かいづれか知らず

よかつたら年齢をと問ふ店員の顧客名簿を前に「ワスレタ」

焼き魚乗せてくださる人のあり柿の紅葉は一枚の皿

坂道をくだれる人とすれちがひたちまち過去となりしゆふぐれ

夢だけにをはるおもひやうすらかに野をけむらせて雨は降りゐき

竹林に風のひそめる夕つ方夫送りたる友の浮かびく

凍る夜の幸せひとつ透明のカットグラスのワインのくれなゐ

かざはなとふやさしきことばの浮びくる空のあをさが見ゆる縁側

小橋を渡る

紅梅の二、三輪咲きしこのあした土塀のむかふ少年の声のす

さみどりの葉桜の下ゆく時に会話いつしか浄くなりゆく

散りゆくをはたまたよしとながめをり桜並木のもろびとの中

森に棲むわれとは言ふな店頭に燃ゆるカンナの花束を買ふ

ほのしろき灯りに菓子を練る人のおほき掌のみが動くゆふぐれ

うすらひの張りたる木桶風つよき外《と》の面の隅に置かれて久し

たづさひてゆく砂の浜海鳥の足跡ちさくかなたにつづく

ありていの言葉をかはし夫と歩く風が芒とあそぶ小道を

里川に架かる小橋の古びしを人はまた今日も渡りてゆけり

われにつと声かけゆきし少年の背《せな》のあをきが残る秋の日

くづれたる古代の土器を両の掌にあたためてゐつ吹雪く夕べは

路上の風

のぼりゆく坂のむかふに夜桜のほのあかければ後ろを見るな

戦ひを知らざるわれの八月もかなしみとして葉群はそよぐ

水色のカーテンすこしそよがせて夏を踰《こ》えゆくねむりの中に

あたふたと過ごす日常しかすがに空に伸びをりにがうりの芽は

陽のなかに干されし服の人よりもかろやかにして風と戯むる

このあしたちさき眼をもつ魚などを焼きたることはたれにも言はず

うろたへて小さくあそぶわれかもと机の上を羽蟻の歩く

風つよき路上を紙の舞ひゆける人よりむしろかろやかにして

帰るべきところのあればふるさとの夕焼け色の薔薇をあがなふ

魂《たま》ひとつかぎりもなしに遊ばする芒の原の白きたそがれ

出奔をなしえぬままにゆふべまた降りしく雪のことなど思ふ

戦はいらね

この先に展かれむものおほければ胸熱く春の橋を越えゆく

青春の行く方問へば風が呼ぶさみどりの樹の明るき方へ

やさしさのきはみにあるかみどり児のにほひのやうな風のある原

ひたすらな営為といへどものの芽の昏れゆく空にむかふかなしみ

詩をもたぬ低迷の間も確実にあかるき方に木や草は伸ぶ

手折りたる真紅の薔薇の一枝は迷へる我の手には重たし

木苺の花の白きがさゆらげる下ゆく時にわれもゆれゐつ

思ひ出を沈めむとすにはあまりにも鮮やかなるかな　十月の海

萩、芒、ゑのころ草と秋草の咲きそろふなか戦はいらぬ

風に乗りまろびて去りし柿の葉のまならにあり紅きその色

雪原を飛び立つ鳥ありいちにんのあをきまなざし忘れがたき日

土のにほひ

からつぽの頭を振ればカラカラと軽き音するやうなたそがれ

ゆく先はあをくかげれる湖と思へばさみし水の流れも

陽をすこし反して土のにほひ立つ育むものの力をもちて

戻りくるすべなき日常風はいま庭より夏野へすずやかにゆく

少年の溺れし夏野越えきたる風は未完のことばを持たむ

君が呼ぶこゑ聞えくる夕顔のほのかな白の開きゐしとき

一冊の本を片手に人を待つゆふべの街の夕焼けてをり

のぞみもち今日のひと日を過ごし来て冬の木立の夕映えに会ふ

わがねむる夜もみづみづと雪は降るたれも知らざる地底へ向きて

夫と来し秋の草原みはるかす穂すすきの波に心を放つ

かなしみのうすらぎてゆく身の囲り裸木にあをき冬の雨降る

せはしなく人のゆきかふ街に来てたやすく染まる一人となりぬ

いちまいの紙が舞ひゆく二人ゐてかなたにとほく去れど見あきず

みづからの貧しき性を知りつつもちさき指輪に慰めてをり

空蟬

幼児期の絵本を脱けてゆく列車たちまち春の街にまぎれぬ

会話しつつ黄の陸橋を越ゆる人そこより春の空に入りゆく

身にまとふ黒きものみな脱ぎすてて春きざす街へ発ちてはゆかむ

焼き野越え郵便車ゆくこの先のたれぞに春の知らせをのせて

しがみつく形のままの空蟬は朝の光にかがやき遺す

夏蟬のむくろよこたふ庭の隈とむらふごとく露草の咲く

いのち果て風にときをり揺るる羽再び草より舞ひ立つごとし

見つめらるるはわれにあらねど人形の透明の眼が向けられてゐる

何やらを語らむとして人形の口の暗きが開かれてをり

残生を輝かせよとさみどりの風がささやく朝の公園

かくれんぼしたる童子らのかの鬼はいづこにゐるや山の夕映え

幼らの遊ぶ姿の消えたれど公園の石に残るぬくもり

捨てられし童《わらべ》の玩具にしのびくるたそがれいろの冬の遊園地

夕光《ゆふかげ》をつかむかたちに両の掌をかざせばさやかに指の間を過ぐ

身にふれて風のすぎゆく暮れぎはを木よりひそかに息をしてをり

ただよへる日々の思ひを正すごと時計の鳴れり　これより明日

いちにちのをはりはやさし卯の花の暮るるがほどに白き花房

水草

水槽のガラスによりて魚らの泳ぐ世界のただにうるはし

限られし世界に泳ぐ魚らは大海知らずこののちもなほ

水草はあかるき方へそよぎゐて水より美《は》しく時にはありし

ゆらめきて時に鎮まる水草のここに生れしか　いまは問はざり

樹を映し空うつしゐる水甕の浄《すが》しきものをうつつに見たり

道の辺の野仏ひとつ幾人の願ひかなへていまにおはすや

羽を閉ぢまた開きつつわが肩に蝶はとまるか　去りてゆきたり

かぎりある夕映えなれば草原にわが胸に棲む鳥を放たむ

空を射す森の一樹をわが生きの一部となしてあくがれゐたり

とほく山に点る家の灯わが泣けば星のやうなるまたたきをもつ

瀬の音を闇に聞きつつひと日暮れひとひたちゆく旅のやどりに

ふたたびを逢はむと聴きし夕茶房花をかざれるちさき窓あり

昏れてなほひかりながるる野をのぞむ白金色のちさき窓もつ

よみがへる己が性《さが》とも退庁の道辺に咲ける露草の花

母の声

母よりの手紙はこびて来し汽車の汽笛がほそく夜を透きゐつ

とどきたる母の手紙のいちまいは郷《さと》のひかりをのこす便箋

秋の野のわらべとなりてしばらくを空の青さに母と染みゆく

このまんま夕べは来むか母といま風のやどりに小休みてゐつ

夏畑を越えてとほきを見つめゐる母の視界にあらむは何か

つつじの芽やはき湿地に挿木して母はちひさき夢をそだつる

われを呼ぶ母の声せりひそやかに樹液したたるゆふぐれどきを

うつむきて種子まく母の双の手を卯月の風は触りゆきたり

朝夕を働くのみの母なりき病みて水辺のベッドに憩ふ

退院の決まりし母の病室に丸つけられしカレンダー残る

夕まぐれ小さくなりし母の手のかすかな温りたしかめてをり

決断を促すごとく降りつつも雪は溶けをりゆふべ玻璃戸に

一人また喪ひし年連綿と四囲けむらせて降る冬の雨

ふりかへる背後をもたねばさはやかな会話をのせて雪は降りくる

みどりの道

秋の花とりどりにしてかぎりなくそよぎてゐたり妻となる日を

裸木の秀枝《ほつえ》をわたる風のあり胎内《うち》にちひさく命そだつ日

ゆるやかに葦の葉群れのそよぐ夕胎内に小さく命生きゐる

児を抱き凍夜を眠りにつかむとす太古の母がなしたるごとく

ふところに児は眠りをり菜の花の咲きゐる原の夢に包まれ

子を産みしあとに聴きたる水の音記憶の底にのこる七月

いかな夢ゑがきてゐるやふぶく夜を女《め》の子はほそき寝息にねむる

母もかく過ごししならむわが胸に子はあはあはと乳のにほひす

花畑をさやぎてやまぬ風に向き駆けてゆきたる子は変声期

児の話すことばをさなき羽をもち蝶と舞ひゆく菜の花畑

子とふたり水の音聴くこののちは夕映え美《は》しき湖《うみ》へつづきぬ

晴れの日も曇る日もありアキレス腱切りたる娘の今日は雨の日

葱きざむわれのかたへに子は立ちぬやがて少年となる項もて

新聞配達《はいたつ》の道辺にありしとかつて息《こ》の持ち帰りたりゐのころ草よ

音信の無きは元気な証拠なり　誰《た》が言ひたるかさびしき言葉

母もまたかくしてわれを育てしやあはき灯のもと乳房ふくます

ゑのころ草頬にあてつつとほき地の息《こ》を思ひをり初秋の庭に

少年の面影のこし発つひとりゆくては猛き草繁りをり

菜の花の黄のあふるる赴任の地息《こ》の新しき春のはじまる

こまごまとメールを打てど返信の言葉は「フーン」とわづかの三文字

緑陰をつくれる欅すぎし日に子らの遊びし団栗ありや

児の手ひき小暗きみどりの道ゆくは母かもしれずわれかとも思ふ

職辞して主婦と呼ばるるわれはいま子らの仕事に思ひを広ぐ

陽だりの椅子

はなやかな街へゆかむと図れるやポケットに鳴るわが耳飾り

いづかたにゆかむと惑ふわが前の軌道がひかる雨にぬれつつ

ひらひらとイヤリングゆらし街へ出づもみぢの少しのこる里より

疲れたる者ここに来てしばらくを憩へとまねく陽だまりの椅子

理髪店の角を曲がればたちまちに桜乱るる春とはならむ

にぎやかな一人の老女降りてより朝《あした》のバスにさびしさの充つ

背を伸ばし先ゆく女見知らねばドラマをゑがく初夏の歩道に

街角に積まるる林檎つつむ人　無言のままに時重ねゆく

労働史訴えつづくる青年のこゑが流るる日暮れの街に

夏帽子掛けられしままのちさき部屋訪ひこし浜の潮のにほひす

人声の外《と》より入りこし働ける男らがもつ強き声音が

ちさき灯を点す八百屋に桜桃を選ぶひとあり　われかも知れず

黄の蝶のかろやかに舞ふハンカチをポケットにゆく市街地の朝

街の角曲らむとしてきざすものこれより先は他界かもしれず

ここはどこか知らざるがゆゑ奔放に夕焼けの街に遊ぶいちにん

ほのきざす春の街角薔薇色のスカーフなびかせ急ぐはたれか

雑踏にまぎれしわれが見も知らぬひとりとなりて街歩きゐつ

厨にて

一握りの浅蜊を求め潮風の春のにほひに親しみてをり

ちちははの地より賜ひし春の菜をゆがけば緑ひろがりあふる

思ふこと多きあしたは丁寧に野菜をきざむ春の厨に

温暖の地にて育ちし葱ならむ朝餉の汁にみどりを散らす

ほろにがき若菜を食せりいにしへのをみなが摘みしそのさみどりを

海藻を海のあをさにかへしゆく厨に今朝の未来はじまる

いにしへのをみなもかくて炊《かし》ぐるや今朝の厨に白き米とぐ

生活のならひにあれど皿洗ふしぐさに夕べは心をこめし

いにしへのをみなのごとく腰かがめ雑巾がけなす春の縁側

菜の花をコーヒーカップに活け置きて居間に引き寄す空の青きを

あれこれとひと日のをはり庭隅に薔薇《さうび》一輪咲きそめてあり

夜の受話器

あふむきて赤き薬剤のみくだせり玻璃に若葉のおもたき夜を

うつくしき生き念ふ夜も血の色のビタミン剤をのみこみてをり

病む顔を見るを怖れき空色の手鏡の中のあかき夕映え

語り合ふ友なき夜の病室にあかき色紙の鶴折る少女

終日をベッドに過す身にあれど朝のテレビに天気予報見る

診察を待つ間の会話とぼしきを地に濃く生ゆる芝生のみどり

診察の名前を呼ばれ返事をすとほき学舎の出来事のやうに

病みやすき身をよこたへて本を読むかかる寸時も陽の移りゐつ

なぐさめの言葉は持たずわれの手を舐めくるる犬もひとひのをはり

東側のカーテン少し開きおく明日の朝《あした》の光を待ちて

ドアかたく閉ざせる部屋の外を行く人ありちさく闇に咳をす

まさをなる空にふたつの雲ながれベッドにゐがく今日のものがたり

野をかろく飛ぶ鳥のこと掌の中に棲まはせなほも微熱はつづく

血脈のうきし手の甲母の手に似たると寒夜の灯の下に見る

うすやみのベッドの端に外したる眼鏡がひとつわれに向きをり

そこもまた雪の降れるやひつそりと言葉はつづく夜の受話器に

よもやまの話ゆきかふ待合室黙してひとり診察を待つ

壁絵の鳥

うつくしき言葉を重ね手紙書くいつはりの心ときに持ちゐて

みどり濃き水菜を洗ふ信ずべき神にはとほきへだたりにゐて

うすらかににほへる土を春の日の恋しきもののひとつとなしき

春立つと友のはがきの舞ひて来ぬ聖母マリアのみ歌をのせて

ひれふしてわれは聴きをり地底よりあるいはもれ来む前の世の声

海色のロザリオを手に息《こ》の家の喜びつづくを祈る春の居間

ひつそりと福永武彦の本読めば思ひの外も春の雨降る

あがなひのおほくは今もはたしえず春の街ゆくわが四旬節

＊四旬節…キリスト教の「灰の水曜日」から復活祭前日までの四〇日間。

死者たちのあるいは憩はむ夕水辺桜花いくひら散りてはなやぐ

決意などひそかに思へば玻璃透かし机上に今年のこぼれ陽のあり

夕暮れをさまよひ歩く魂ひとつ聖母の薔薇のならぶ店あり

不確かな時世にあれど庭隅の花梨《かりん》芽ぐみて天へ向きをり

「ぢや、またね」天の国での再会を思ひて明るき未来図ゑがく

老親を悲しますなとシラの書のページに秋の風が遊べり

＊シラの書…旧約聖書の文書の一つで、悲しみや苦しみに向き合う知恵を記した人生の教訓書。

掌を合せ祈るかたちに寝につかむ母の思ひ出よみがへる夜は

来し方を雪深深とおほひゆく祈るかたちに寝に入るときを

しろがねの鰭もつ魚も棲みゐるや壁画にほそく川のながるる

ゆふぐれがもつともせつなく迫る日は壁絵の鳥のしきり羽ばたく

わがねむりものみな眠る星の夜も壁絵の蘭の芽吹くさみどり

死者たちの安らふはいづこ夕原に口腔くらくうたふ子守唄

いづくまでゆきても雪の原野なり未来《さき》の世につづくとおもふはさみし

人気なき日暮れの前の遊園地あるいは神など遊びてゐむか

ちちははの国を出でえずこののちもいづることありや　寒の花咲く

風光る

樹の下にひそと咲く花見過ごししことのおほくは美しくあり

われの掌を飛び立ちてゆく蝶のあり離れゆくものなべては羨し

風はいま若草のうへ去りゆけり過ぎゆくものの一つかわれも

うすらかにひかりながるるゆふぐれをもつともすなほにたましひは揺る

身のつかれ覚えし日暮れたをやかにそよぐ水辺の草とならむか

うろたへつつ歳重ねゆくにちにちを草生に咲きたり野薔薇の白が

眼裏に燃ゆるくれなゐの薔薇ありてしばらく開けぬうすき瞼を

栗の葉のみどり光らせ風は来る輝くことのなきわれに向かひて

いまわれは何にてあらむ月あかりに空へとつづく家並みはあり

よりあひて落葉さわげどいまはただ渇ける音と思ひたくなし

よろよろと飛びて来し蚊のわれに似て叩かずにをり秋の厨に

ふりむけばたちまち枯野とならむかも風光る野にひとり佇《た》ちゐて

やまんばと時に思へるわれのあり街ゆく山姥かなしからずや

ゆくかたの見えずなりきて自在にもこころあそばす車窓のくらみ

花のなき枯野にあればさすらへる蝶の魂われのたましひ

うすらかに光ながるる夕暮れをもつともすなほに揺るるたましひ

帰るべき家のなければ深き森にまぎれし青き鳥をさがさう

針・糸のたぐひを箱にととのふる母のそびらに木もれ日のあり

年ごとに手足の冷えの増すを言ふ母の手鏡夕映えてゐつ

ふるさとへむかふ列車に母と見る菜の花畑の黄のゆふまぐれ

母すまふあたりを列車のとほり来るあたたかき黄の色を連ねて

結び合ふ掌《て》にことなれる血はかよふ母の戦後をわが低迷期を

ゆつくりと時は流るる菫咲く記憶の中の母とゐるとき

夕あかり

水湛へ光たたへて裡ふかく寄するものありまひるの湖《うみ》は

北向きの窓開け放ついつせいに芽吹けるものを差す光あり

貨物車が白き花びら散らしゆくふるさとへつづく糊空木の道

東へと風はゆくらししなやかに鯉の幟は吹かるるがまま

クレーン車の高きに働く人のありやがて真青き空とまぎれむ

やはらかき陽射しを受くる葉桜の下にいこひて人は発ちゆく

花満ちし日はすぎゆきて葉桜の繁れるあたり夕あかりする

庭に立つ櫟の一樹風の日は風にしたがひ輝きてあり

中空に鈴懸の葉のさゆらげる昏れ方にして秋ま澄みたり

あきらかに目には見えねど草の秀をさやかに過ぐる夕風のあり

朽ちゆかむ木橋のむかう紅葉をはなやぎ見する夕映えのあり

散りてなほまろびゆく葉のことさらに華やぎてあり秋のをはりを

日米の軍事演習なす原野すすき穂がいま風にひかれり

あら草の秀群をぬくる夕風のゆくへを追へど果てなき野なり

みづうみに架かれる橋をこゆる人みな灰色の空背負ひゐる

深雪をおほひて昏るる野のはてに黙すがごとき一樹のありき

舗装路のところどころが傷みゐるこの街に降る雪やはらかし

柿の紅葉

あらがひし思ひ出はなしあさがほの夏陽の真昼しづけさにあり

手をささへ義父と歩むにはらはらともみぢの赤が空を舞ひくる

おいとまをひとり静かにせし義父のまだ温き体に言葉とどかず

さまよひて過ぎゆく日々を一葉《いちえふ》の紅葉を入れし手紙の届く

父母と兄とゐまへる稚《わか》き日の写真いちまい本よりこぼる

とほき日に父母と訪ひ来し城跡に柿の紅葉のかはりなく散る

身の裡に草紅葉せし野をおきて一枚のはがき父へ記さむ

一杯のつめたきワインに凍てし夜をうすべにに染む人はたやすく

火の色のチューリップ一輪瓶にさす心さびしくありし冬の夜

ひつそりと雪降る夜を灯の下に人も子犬も沈黙ふかむ

壁ぎはに下るシャベルはこののちもそのままにして古りてゆくのか

四季

今日といふ未開の扉ひらかむと人ら急げる朝のホームに

星空へ発ちゆく列車のものがたり眠りにつかむときに想ひぬ

さみどりの橋を越えゆく人の先春のきざしの野が展ごれり

若菜摘むをとめにあらずも春の野に心やはらにまぎるるひとり

野の風に触れつつふいに紛れしはわが影のみならず万緑の中

公園のくぬぎ林にとびはぬる一人の少女のひとりの遊び

かかはりのなきものがたりうつくしく終る少女と少年のこと

渚にて振り向き見ればすぎゆきの輝《て》りとはなりし貝殻の群

たえまなくかはづ鳴くなり人間の動きやみたる夜のしじまを

手を振りてまたあしたねと見送れば立夏の風が髪乱し過ぐ

いづこにて空にまぎれむ陸橋を渡りゆくこの足のかろさは

明け方をわれにいかなる思想はありや森をしきりに鳥の飛び翔つ

おちこむを打消しくるる便りあり海のむかふはリラの咲くとふ

あたらしき門出となるやむれあひて車窓にとほく曼珠沙華咲く

哀愁とふ言の葉美《は》しき夕つ方麦笛吹きつつ家路を帰る

夕雨にぬるる林をかへり来ぬ胸に民話の鳩をいだきて

いづくより流れ来し水双の掌にすくひてゐるは古代の光

とほきかの少女のときの視界なり灯あかりの中しきり雪降る

透くやうに雪のことなど語りくる人の言葉の夕べうつくし

南へとわたりてゆきし鳥のあと追ひつつ冬の橋を越えゆく

草のそよぎ

人のみな急ぎてゆける角のむかふ草の芽吹きのきざしてやゐむ

疎林ぬけ郷《さと》をとほりて来る風に春立つ朝の人語が温し

母を呼ぶをさなき声の消え残る菜の花畑の黄のゆふまぐれ

菜の花の道をいそぎてゆきし人そののちも黄はあふるるばかり

追憶のかなたに浮かぶ少女期と変らぬままの遊園地が丘

単線の鉄路の土手にきんぽうげあまた咲きをりとほき街まで

緑陰に置かるる木の椅子こののちも憩はむ人をただ待ちてをり

万緑の森を抜け来し列車にてさみどりに染る人乗せてゐつ

来し方のおほくは赦され夕庭の菫の小花の白きにふれぬ

人づてに聞きたる死とふうつくしさそれより草のそよぎに惹かる

かろやかに舞ひゆく紙ありいづこへか人の急げる風の路上を

ひとふしの歌

水瓶にしづむ絵の具のゆらめきて深き奈落のひろごり見する

白壁に画かれし人の日をへれど怒れる顔の笑ふことなし

描かれし人よりもなほ白くグラスの中の春のゆふぐれ

より高く飛ぶ鳥の絵を若き日の母の描きし一枚に見き

みじからうた詠まむと来しが夕橋の風とあそべり葦もろともに

あくがれて歌を詠みたる時もまた草の紅葉をゆく風ありき

夕映えの草生へゆかむポケットにことばをくるむメモ用紙入れ

詠はむと言葉をさがす夜の底ひ草生はいまも光あるらし

いづこより生れくるこゑか薄明に詠へとほそきたしかなる声

ほほづゑをつきたるわれの影を見て歌にもならぬひとときはあり

ちさき灯に歌を作るをいとしみて子犬がわれをぢつと見上ぐる

ときめきしことばのひとつを書き記す広告紙の裏の雪原

うつくしく秋のことなど書きてゐつあるいは遺書とならむ日のため

空にむきひとふしの歌くちずさむ卯の花の白そよぐゆふぐれ

まどろめばたやすく過去へいざなひぬ読みさしの本めくりつつ風は

かなしみてあれば悲しみの音になる南部の鈴をゆふべは愛す

身のめぐり草木の萌ゆる季なればかろやかに風の衣装まとはむ

その先を思ふにあらねど水甕の限られし世界をただよふ落葉

水底へあをき鎖をくだしゆくかくひそかなる所業を愛す

生と死の短かきはざまゆふやみに冬コスモスのさえざえと咲く

風に乗り雪の舞ひ来る夕の街家路をいそぐ人も鳥らも

狙はれしは獣か人か雪原にひとつの罠のかけられてあり

朝露をいだきし草のやさしさを見つつ冬至の風に吹かるる

冬の蝶

何ほどの明日を想ふやゆつくりと小鳥はうすきまぶたをあはす

時をへて失はれゆく地形なれど木々かがやきて鳥のさへづる

まるき目で鳩はのぞきぬ人間のことばあふるる待合室を

夕原に鳥の飛び発つ気配してひとりの思ひときにかろしも

ときにいま鳥は翔たむか冬空に羽毛のやうなことばちらして

雪の森より一羽の鳥が翔ちゆきぬ見失ふものおほきあしたに

いづかたにもすがれし原野わが画布に棲める一羽の鳥は翔たむや

いづくへと帰りてゆくやこの夜もつばさ広げし鳥の一群

降りしきる雪にあへげる籠《こ》の鳥のかなしみも見て裏街すぎぬ

春近きけはひとも見ゆ水鳥のそろりと歩く河川敷の朝

風にのりまた戻りこし蜻蛉あり自在なるもの時にさびしも

夜の闇をたしかに鳴ける生きものの小さきたづき　ひとつ蟋蟀

ゆつくりと舞ひゐし蝶がつかのまをわがなしえざる野を越えゆけり

風にのり草生舞ひ立つ黄の蝶のゆくへを問へばさらにかろしも

海を越えこの地に棲みて生きのぶるものあり蝶も小さきたぐひ

ひとなつの命をへたるちさき蝶うすき黄の羽草群に残す

ここにきて何を鎮めむ風原をまことかろやかに蝶らの遊ぶ

さみしかる雪の夕べぞわれの背を野のはてとなし黄の蝶は舞ふ

雪原をとほく村へと越えゆくに犬はもつとも獣の面せり

与ふもの何もなけれどゆふくれを子犬はそつとわれに寄りくる

おのが身をいとしみ時を過ごせるか老犬は足をしきりと舐むる

雪原をかなたへつづく足跡のちさき獣かゆくへは問へず

裏山の木立に雪のふぶく夜は息をひそむる獣も人も

ふるさと

帰るとはいづこのはてぞゆふくれの街をぬけゆくながき列車に

ふるさとに帰らむこころ貨車は乗せ橋わたりゆく水なき川の

ひむがしへあかき列車が過ぎてゆくうからやからの春の旅立ち

穂すすきのさゆらぐむかうふるさとの山あり川あり古き家あり

母ねむる墓所の疎林に降る雨のとめどもあらず冬のをはりを

わが生家訪へば父の声母のこゑもれこむものか耳そばだつる

ちちははの蛍光れり兄もゐて水辺にゑがくゆつくりと弧を

裏道の昼の茶房にかつて父が好みて掛けゐし椅子見あたらず

木苺の真白き花の咲く下をくぐりてゆけば待つ母ありき

ふるさとの母なき家に万両はゆたかに赤き実をつけてあり

少女期に戻らむと思ふふるさとの夕べの風に身をまかせつつ

木のさやぎ草のさやげる緑陰に母の木椅子のそのままにあり

母のゐぬ貧しきわれに憩へとぞ原野は万の芒かがよふ

きさらぎの木のぬくもりを確かめむ父母の握りし階の手摺りに

おとうとあれば聴かむか夕玻璃の雨はひそかに野をけぶらせぬ

白色のあかりが点る一つ家に闇の中より父は帰りく

一本の薔薇にゆふべは充たされぬ貧しき家の小さきひとり

カナカナのしきり鳴きをり父思ひまた母を恋ふ夕べの庭に

一箱の苺わけあふ家族なりともに背後は闇かかへゐつ

百日紅のはやも咲けるを告げ知らす一つ家族のある日の朝《あした》

春になれば

とほき山の彩づくあたりことのほかやさしく見ゆは母すまふ里

「春になれば」母の言葉のひびきくる先ゆきはたれの視野にもなきを

母ありて今われのあり竹林に春のはじめの風が過ぎゆく

春風に薺《なづな》の花の鳴る夕べふるさとの母の裡に還らむ

竹林の葉群を過ぐる春の風母への思ひ絶ちがたきかな

いつの日に撮りし写真か紅梅の前にて母はかすかに笑まふ

陽だまりに薺の咲けり眺めあひことほぎ合ひし母はゐませず

空白の日々のつづける日記帳　母喪ひしのちの雛月

玄関の椅子にすはりて来るはずのなき人を待つ　三月母の忌

西空に紫苑の花のあふれをり常に母へのおもひはゆれて

百日紅もつとも好きと言ひし母ことしの庭をうすべにに染む

さまざまな母との思ひ出百日紅の紅めでたるもそのひとつなり

なによりも百日紅を好みたる母の子われもそに惹かれゐつ

脱ぎおきし母の肌着のぬくもりをひとりしまはむ記憶の底に

母に似るわが物言ひと気付きたりただをかしくてのちに哀しも

よるべなき日々はすぎゆき見わたせど母はゐませずわれの視界に

うからの集へば母はそれぞれの記憶の中にあざやかに生く

うつむきてみじかき歌を口づさむ記憶にわかき母を住ませて

おもかげは常に裡深く潜めゐて少年のうた母のわらべうた

われのため着る日の来むとつぶやきし母の着物のあはきむらさき

母のこと思ひ出しては語るときもつとも清き口となりゐむ

母の胎へそつと戻らむ背をまるめ膝をくぐみて眠りにつくとき

われを生みし母のよはひに近づくとゆふべは思ふつかのまなれど

水色のスカーフ身につけ街に出ぬ母亡きのちの時間をひめて

美しく生きよと母の声のこる愚かにすぎしこの身のうへに

またあした訪はむと思ふ父母ゐます古き写真の中のふるさと

あとがき

思い返しますと少女の頃、四囲の木々の風景を眺めては、憧れて詩らしきものを時折り作っていました。

二十三歳の時、新聞紙上で竹田市の同年代の女性の短歌に出会い、新鮮で詩的な物語性を感じる一首に触発され短歌を詠み始めました。時を経ず同市の「風短歌会」に入会。田口游先生の親身なご指導を受けたのち、昭和四十五年「原型」に入会し、齋藤史先生にご指導をいただきました。

長い独り身でしたから、地方公務員としての日々の中で、退庁後は他のことには目もくれず、さながら短歌が命になっていました。

史先生の「眼に見えぬものも歌ひたまへな」の作風に新しい感性と表現方法を教え

ていただき、その中で長野市での大会に参加することもできました。

やがて結婚。出産後も詠み続けていましたが、育児と勤務の核家族の生活の中で心と時間の余裕が無くなり、次第に投稿も減り、平成九年「原型」を退会致しました。

平成十六年、気がついて見ますと、舅、姑、父、母の四人が九十歳代で健在であり、思い切って「老親と遊ぼう」と早期退職し、舅、姑と同居を始めました。

二人の子を社会に送り出し、職も辞した後の平成十七年、旧知の橋爪あやこ先生よりお声かけがあり、「朱竹」に入会させていただきました。十年近くの空白に、感性は薄れ、語彙も少なくなり、文法も忘れ四苦八苦の日々でした。

そのような中、代表の伊勢方信先生に「美しくて奥深い日本語を駆使し、心を磨き、謙虚に短歌を作るように」など、歌作りの基本や姿勢を指導していただき、再び詠む喜びが蘇ってまいりました。

作品は、初期の頃より令和四年までの中から伊勢先生に選歌や編集の一切をお願いしました。

もとより短歌は、私にとって果てしない憧れであり一つの生きがいですが、ささやかな命の存在を表わした拙い行いを残すこととなる歌集出版には、ためらいもありましたが、伊勢先生の懇切丁寧なお力添えをいただき、出版に辿り着くことができました。その上、身に余る序文まで賜り、望外の喜びと共に衷心より感謝を申し上げます。

これまで多岐に渡り、慈しみをいただきご指導くださった方々、「朱竹短歌会」の方々、玖珠九重支部の方々のご指導と励ましに厚く御礼申し上げます。

歌を詠みつづける私を、常に温かく見守り協力してくれた家族は心の癒やしでした。また、亡くなった舅と姑、父母に深く感謝し、この歌集を捧げたいと思います。

最後になりましたが、出版にあたり、細部について格段のご配慮を賜りました、砂子屋書房 社主 田村雅之様をはじめスタッフの皆様、装本の倉本 修様には、記してお礼の言葉に代えさせていただきます。

令和六年八月十四日

中霜宮子

著者略歴

中霜宮子（なかしも・みやこ）

昭和20年（1945年）大分県九重町にて出生
昭和43年（1968年）から歌作を始め、「風短歌会」を経て、
昭和45年（1970年）「原型」入会
平成9年（1997年）「原型」退会
平成17年（2005年）「朱竹」入会、現在に至る

大分県歌人クラブ会員
日本歌人クラブ会員

歌集　陽だまりの椅子　　朱竹叢書第52篇

二〇二四年一一月二六日初版発行

著　者　中霜宮子
大分県玖珠郡九重町松木六〇の一（〒八七九―四六三二）

発行者　田村雅之

発行所　砂子屋書房
東京都千代田区内神田三―四―七（〒一〇一―〇〇四七）
電話　〇三―三二五六―四七〇八　振替　〇〇一三〇―二―九七六三一
URL http://www.sunagoya.com

組　版　はあどわあく

印　刷　長野印刷商工株式会社

製　本　渋谷文泉閣